HOMMAGE FUNÈBRE

A LA MÉMOIRE DE MONSEÏGNEUR

CHARLES-THOMAS THIBAULT,

Défunt Évêque de Montpellier,

DÉDIÉ

A MONSEIGNEUR LE COURTIER,

Évêque de Montpellier;

SUIVI DE

LES TROIS HOTES,

Souvenir poétique dédié à Mgr Remadié, Évêque de Perpignan, à l'occasion de son sacre et de son prochain départ de Béziers ;

PAR

M. Désiré CADILHAC,

Avocat, Membre du Conseil général de l'Hérault.

> « *Dispersit ,.... dedit pauperibus;*
> » *Justitia ejus manet.....*
> » *Exaltabitur....... »*
>   (Aux Psaumes de David.)

MONTPELLIER,

CHEZ FÉLIX SEGUIN, LIBRAIRE, RUE ARGENTERIE, 25.

1865.

HOMMAGE FUNÈBRE

A LA MÉMOIRE DE MONSEIGNEUR

CHARLES-THOMAS THIBAULT,

Défunt Évêque de Montpellier,

DÉDIÉ

A MONSEIGNEUR LE COURTIER,

Évêque de Montpellier;

SUIVI DE

LES TROIS HOTES,

Souvenir poétique dédié à Mgr Ramadié, Évêque de Perpignan, à l'occasion de son sacre et de son prochain départ de Béziers;

PAR

M. Désiré CADILHAC,

Avocat, Membre du Conseil général de l'Hérault.

> « *Dispersit,.... dedit pauperibus;*
> » *Justitia ejus manet.....*
> » *Exaltabitur.......* »
>   (Aux Psaumes de David.)

MONTPELLIER,

CHEZ FÉLIX SEGUIN, LIBRAIRE, RUE ARGENTERIE, 25.

1865.

NOTA.

Les pages qu'on va lire, et qu'édite aujourd'hui M. Seguin, sont détachées d'un volume de poésie qui sera prochainement publié, et où, sous ce titre : *Les Ombres illustres,* sera un livre particulièrement et spécialement consacré à nos défuntes et récentes illustrations *nationales, monarchiques, catholiques* et *classiques.*

HOMMAGE FUNÈBRE

A LA MÉMOIRE DE MONSEIGNEUR

CHARLES-THOMAS THIBAULT,

Défunt Évêque de Montpellier.

DÉDIÉ

A MONSEIGNEUR LE COURTIER,

ÉVÊQUE DE MONTPELLIER.

———o◦◦◦o———

I

Lorsque je le voyais, j'avais le cœur en fête :
Il me riait toujours et m'appelait « poëte. »
C'était là sa caresse et son mot préféré.......
Il m'aimait comme un fils, je l'aimais comme un père.

Aussi, quand circula ce mot qui désespère :
« Il est mort ! » — O mon Dieu ! comme je l'ai pleuré !

Lutèce, où sans pitié la mort toujours moissonne,
Me le prit vers la fin d'un beau jour..... — Je frissonne,
Au souvenir du glas qui sonna son trépas !....
La veille, le cœur plein de vie et de génie,
L'aube du lendemain éclairait l'agonie,
Et sa voix murmurait : « Amis, ne pleurez pas ! »

O Prélat vénérable ! O toi qui dans ma vie
Tenais tant de place, âme à mon âme ravie,
Qui, d'un vol si soudain, disparus dans les cieux,
Je ne pus, dans ce jour, ni te voir, ni t'entendre,
Recueillir ton adieu dans un sourire tendre,
Et je ne fus pas là pour te fermer les yeux !

Nul mieux que moi ne peut révéler le mystère
Et l'œuvre de tes jours sur cette pauvre terre,
Brèche ouverte où ton zèle était toujours debout !
Une ombre volontaire a caché ton étoile :
Souffre que je soulève, ô chère ombre, ce voile.....
Pardonne à ton « poëte, » il ne dira pas tout !

II

Bien des hommes divers ont vécu dans cet homme :
A raconter sa vie, il faudrait plus d'un tome ;
Ici je ne puis donc qu'ébaucher, à grand trait,
Sa physionomie, et mobile et diverse,
— Nuage frangé d'or que le soleil traverse, —
Qu'évoquer sa mémoire, esquisser son portrait !

Son portrait !..... Une main, entre toutes illustre,
Dont le pinceau sublime ajoutait tant de lustre
Et tant de poésie à tout ce qu'il touchait,
L'avait peint peu de temps avant que sa paupière
Se fermât dans un songe et dans une prière,
Et quand déjà la mort, avide, le cherchait.

C'est bien lui ! Voilà bien sa prunelle de flamme,
Ce rayon lumineux jaillissant de son âme,
Ce sourire entr'ouvrant la bouche, — finement,
Ce sang où débordait la sève de la vie,
Sa lèvre, à l'éloquence, hélas ! trop tôt ravie,
Trait pour trait, l'homme bon, généreux, noble, aimant !

III

Je l'entends, dans ses jours d'épanchement intime.....
Au feu des souvenirs, il s'échauffe,.... il s'anime....
Son âme dans un flot déborde et se répand....
Il réjouit tout hôte entré dans sa demeure....
A l'horloge des jours s'immobilise l'heure :
Tant le cœur à sa lèvre, à son cœur se suspend !

IV

Mais le voici, debout dans cette cathédrale !
Aujourd'hui trop étroite ; — il n'est pas une dalle
Que ne foule le pied de l'avide auditeur !
Tout Montpellier est là pour ouïr sa parole.....
Il paraît..... A son front resplendit l'auréole
Que met l'enthousiasme au front de l'orateur !

La voûte retentit de sa voix pathétique....
L'âme emportée au vol d'une éloquence antique,

Il se laisse ravir aux sommets du Thabor !....
Laissant tomber de haut, dans sa parole austère,
Tous ces parfums du ciel dont s'enivre la terre,
Dieu met un flot d'argent à cette bouche d'or !

V

Le voici maintenant dans son humble chapelle.....
Apôtre matinal que réveille le zèle,
Dans un entretien touchant et familier,
Jetant au cœur ému cette semence tendre
Que saint François de Sale aimait tant à répandre
Quand il élargissait le céleste sentier [1].

[1] On a dit de saint François de Sale qu'il avait « *élargi le chemin du ciel.* » Quel évêque, — Fénélon excepté, — a mérité un pareil éloge? Ce n'est rien exagérer que de dire que Mgr Thibault a droit.

VI

Plus d'un sommet abrupte, à son orageux faîte,
Vit flotter tout à coup sa robe violette :
Bravant tout, faim et soif, et froidure et frisson,
De ces rudes pêcheurs des mers de Galilée,
Ayant au cœur l'amour, la foi, sa sœur ailée,
Partout, à pleines mains, il faisait sa moisson[1]!

VII

Dieu seul connaît, et seul pourrait dire le nombre
Des dons et des bienfaits qu'il répandit dans l'ombre :
L'abeille était pour tous prodigue de son miel;
La source, au flot discret, était intarissable;
Moins abondants on voit, sur les rives, le sable,
Les épis dans les champs et les astres au ciel!

[1] *Messis multa*, devise des armes du Prélat.

En donnant, il prêtait à l'aumône une grâce :
A Montpellier, partout, on retrouve sa trace
Sous le toit affamé du honteux indigent,
Au foyer de l'infirme, au chevet du malade ;
Tout deuil, toute douleur l'avaient pour camarade ;
A tout seuil il mettait son âme.... et son argent !

A l'homme réclamant une sollicitude,
Souffrant dans l'abandon ou dans la solitude,
Sans frère, sans ami, — cette double douceur
Qui donne le courage et la guérison même
Au malade qui voit, qui sent, qui sait qu'on l'aime,
Il donna tout ensemble et l'amie et la sœur !

Un prêtre qui prêtait tout son zèle à son œuvre,
Qui de sa charité fut le premier manœuvre
Et pour chaque besoin créa chaque secours [1],
Appela sous les plis de sa sainte bannière
Ces anges de la nuit qui, dans une prière,
Endorment l'insomnie, à de divins discours [2] ! !

Il faudrait un Homère à la longue *Iliade*
Des *œuvres* que son cœur semait par myriade !
Je n'en peux retracer l'entier dénombrement ! !...

[1] Le St regrettable et tant regretté abbé Soulas.
[2] Les Sœurs Gardes-Malades.

Tout croisé de l'amour, à ce Pierre-l'Ermite,
Devait ce feu sacré qui dans l'homme suscite
Ces miracles de l'homme appelés *dévoûment !!*

VIII

A Paris, le foyer de lumière et de flamme,
Il visitait souvent deux amis de son âme....
Vers eux il accourait bouillonnant comme un flot :
Ce poëte du deuil, vivante catacombe,
Châteaubriand, — dictait ses pages d'*outre-tombe*
A son breton superbe, au fier Daniélo !

Ce seuil illustre et froid l'avait souvent pour hôte. —
C'était souvent encor ce Montaigne-Aristote,
Ce grec semi-gaulois atteint de cécité,
Qui longtemps, aux *Débats*, brilla comme une étoile :
Nouveau Quintilien, nourri jusqu'à la moelle
Des sucs et des parfums pris à l'antiquité [1].

Leurs propos qu'animaient les muses et l'histoire,
Me rappelaient Platon et son cher promontoire ;

[1] M. l'abbé de Féletz, critique au journal *des Débats.*

J'en fus parfois le jeune et muet confident....
Lorsque de ces trois morts j'évoque le fantôme,
De cette triple tombe il sort comme un arome
Qui me remplit le cœur de son parfum ardent !

IX

Hélas ! il fut longtemps méconnu : — plus d'un prêtre,
Sur la tombe fermée, apprit à le connaître !
Pour qu'on rendît hommage à toutes ses vertus,
Il a fallu le marbre à sa froide poussière,
A sa mort, l'oraison funèbre et la prière,
Et qu'il prît place au rang de ceux qui ne sont plus !

Le temps, ce destructeur de toute sépulture,
Qui fait germer l'oubli dans l'herbe sans culture,
Fit éclore pourtant un jour réparateur !
Chacun, en retrouvant si pure cette image,
Rendit à l'*ombre illustre* un doux et tendre hommage,
Et le troupeau bêlant regretta son pasteur !

X

Le Seigneur, enseignant, au livre évangélique,
Que de tout suppliant il entend la supplique,
Que tout chercheur le trouve au bout de son chemin, —
Répara cette perte à nos cœurs si cruelle,
A l'homme du désir donna l'homme du zèle,
Et remit sa houlette en une douce main !

Ce nouveau Fénélon, dont Notre-Dame est veuve [1],
Fut le consolateur de cette grande épreuve,
Et mit un cœur de père entre nos cœurs et lui !...
C'est le don qu'à nos vœux procura la prière
De notre bon évêque, à son heure dernière, —
Le rayon bienfaisant qui sur sa tombe a lui ! !

A Puisserguier, près Béziers, 21 avril 1865.

[1] On sait que Mgr Le Courtier était, avant sa promotion au siége épiscopal de Montpellier, curé de Notre-Dame de Paris, qui le regrette encore, — et l'on sait aussi que Mgr Thibault quitta, pour ce même siége, sa stalle de chanoine à cette même Notre-Dame, pépinière de talents et de vertus ecclésiastiques qu'il serait presqu'impossible d'énumérer.

LES TROIS HOTES.

—◦◦◦—

SOUVENIR POÉTIQUE

Dédié à Monseigneur Ramadié, Évêque de Perpignan, à l'occasion de son sacre et de son prochain départ de Béziers.

—◦◦◦—

I

C'était vers le déclin d'un tiède jour de mai,
Des douze mois de l'an le mois le plus aimé,
Le mois de la prière et de la rêverie,
Des lys, offrande pure à la pure Marie,
Où vers les cieux, parés d'éclatante couleur,
Dans le tendre parfum de la première fleur,

Avec le cri de l'orgue, avec l'encens qui fume,
Va tout cœur que l'amour, l'espérance parfume.
A l'ombre du platane, où je reviens m'asseoir,
Quand le soleil pâlit sous l'étreinte du soir,
Dans ce calme profond que versent au poëte
La fraîcheur d'un printemps, l'abri d'une retraite,
J'écoutais, en songeant au bonheur des élus,
L'airain rustique aux champs murmurant l'Angélus.
Le rossignol chantait, caché sous l'aubépine...
L'œil, le cœur aux sentiers de l'aimable colline
Où réside ce Saint que j'aime tendrement,
Qu'à sa fête, en juillet, je chôme chaudement[1],
Par ce cher horizon la paupière ravie,
Je me laissais aller au charme de la vie,
Et ma muse puisait dans ces vers palpitans,
Dans ces rêves dorés que l'on fait à vingt ans,
Au mystère de l'ombre, à l'ombre du mystère,
Un Dieu pour son amour, et le Ciel pour la terre :

[1] Saint Christophe, dont l'ermitage doit, sinon encore une célébrité, du moins une notoriété, à la procession solennelle et aux pieux pèlerinages qu'y font, chaque année, en juillet, Puisserguier et ses alentours.

II

Quand tout à coup, carrosse à mon seuil arrêté,
Le lourd marteau de bronze, au battant, fut heurté...
Un murmure se fit sur le pas de mes hôtes,
Et le respect courba les têtes les plus hautes.
J'accourus aussitôt, impatient de voir
Les traits des visiteurs que j'allais recevoir.

III

Ils étaient trois : c'était ce Curé populaire,
Que le saint Curé d'Ars eût adopté pour frère,
Qui dans ce vieux Béziers semait, à pleine main,
La semence divine à tout sillon humain,
Cygne par la douceur, mais aigle par le zèle,
Ame ouverte à toute âme, à tout prêtre modèle,
Aimant, aimé, modeste autant qu'intelligent,

Que Saint-Jacques en pleurs va céder à Saint-Jean [1].

C'était ce chantre aimé d'Isaure, — dont la grâce

Se prête tour à tour au Thabor, au Parnasse,

Tendre ou pieux écho du Pinde ou du Carmel,

Hellène et troubadour à la fois sous l'*ormel* [2]?

Et dont Rome a donné, d'une main qu'on adore,

La lyre et la houlette au doux pays de Laure [3].

[1] La Cathédrale de Perpignan est sous le vocable de ce Saint; et, pour Saint-Jacques, on sait qu'ainsi se nomme la paroisse que Monseigneur Ramadié aura, jusqu'au jour de son sacre, administrée à Béziers.

[2] Il faudrait citer, d'un bout à l'autre, les vers charmants auxquels fait allusion ce vers! Pour la faire comprendre, on se bornera à citer la fin du poëme qu'ils composent, couronné au Concours des Jeux Floraux, sous ce titre : *Le jugement d'Isaure.* Voici cette fin :

> « O troubadour, dit-elle, avec un doux sourire,
> » J'aime les jeux naïfs de ta charmante lyre !
> » Et toi, noble étranger, qui portes parmi nous
> » De si grands souvenirs et des accords si doux,
> » Embrasse ton rival : que vos muses amies
> » Siégent, comme deux sœurs, sous l'*ormel* réunies. »

[3] La belle Laure de Noves, immortalisée par les vers et l'amour de Pétrarque, était née à Avignon, où Monseigneur Dubrueil est archevêque. La fontaine de Vaucluse, où s'inspirait le poëte italien, inspire, de nos jours, une foule de charmants poëtes dont le Midi sait les œuvres par cœur : glorieuse pléiade, où, sous le nom de *Félibres*, brillent au premier rang MM. Aubanel, Roumanille et Mistral.

C'était enfin, — ami des meilleurs, des plus sûrs,
Au poëte présent, aux deux prélats futurs,
Ce bon et docte Évêque, à l'âme caressante,
Qui prêta son sourire à ma muse naissante,
Qui me fit tant de vide, alors qu'il fut absent,
Et que j'ai célébré dans un hymne récent !

IV

Je venais d'achever mon *malheureux* Rodrigue[1] :
A mes vers indulgent et d'éloge prodigue,
Il pleura sur ce drame, et le lut et relut.
Doux ami ! tendre absent ! Son deuil voile mon luth,
Et quand je songe à lui, lui que tant je regrette,
L'ami qui se souvient brise aux pleurs le poëte !!

[1] Titre d'un drame, *par trop catholique*, refusé au Théâtre français.

V

Monseigneur, — ce beau jour où Saint-Nazaire va
Dans un nouveau Moïse accroître Jéhova,
Et, sacrant ses vertus, consacrera sa gloire,
Ce jour du tendre amour m'a remis en mémoire
Celui que de trois cœurs, chers à mon cœur tous trois,
Me donna la tendresse, au plus tendre des mois !
Aux sources du bonheur aime à rebrousser l'âme....
Vous le rappelez-vous ?.... Mon *souvenir* réclame
Un souvenir de vous.... à la veille du jour
Où vos pleurs saluant Béziers, divin séjour ;
Oui, divin, quoi qu'en dise un proverbe morose
Ajoutant au vers vrai la plus menteuse prose [1],
Vos pastorales mains, à qui, pour souvenir,

[1] Le vers vrai est celui-ci :

« *Si Deus in terris vellet habitare, — Biterris !* »

La prose menteuse est celle-là :

« *Ut iterùm crucifigeretur.* »

Je demande, à genoux, de daigner me bénir,

Porteront à ces bords, limite de la France,

Avec tous nos regrets, toute leur espérance!!

A Puisserguier, près de Béziers, 25 avril 1865.

Montpellier. — Typographie de Pierre GROLLIER, rue des Tondeurs, 9.

Montpellier, Typ. P. Grollier.